Analyse de l'œuvre

Par Verity Roat

La nostalgie de l'ange

Alice Sebold

lePetitLittéraire.fr

Analyse de l'œuvre

Par Verity Roat

La nostalgie de l'ange

Alice Sebold

lePetitLittéraire.fr

Rendez-vous sur
lepetitlitteraire.fr
et découvrez :

Plus de 1200 analyses
Claires et synthétiques
Téléchargeables en 30 secondes
À imprimer chez soi

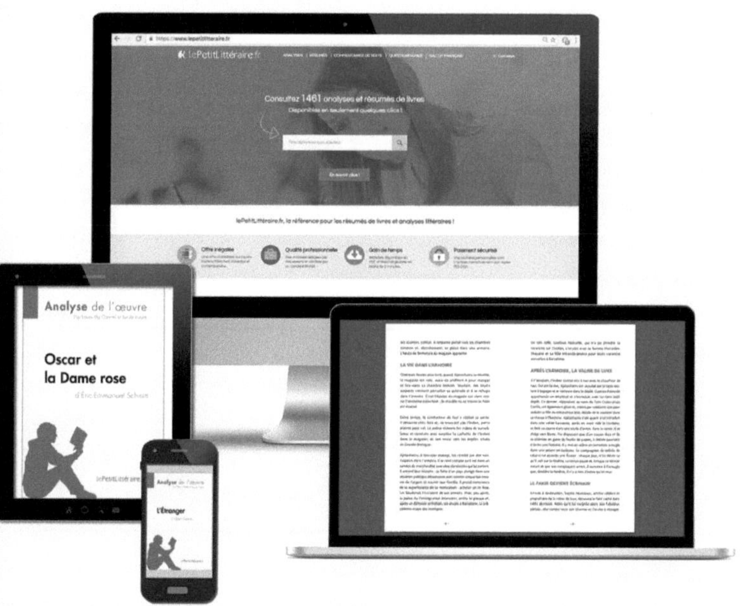

ALICE SEBOLD

ÉCRIVAINE AMÉRICAINE

- **Née à Madison (U.S.A.) en 1963.**
- **Travaux notables :**
  - *Lucky* (1999), mémoires
  - *La Presque Lune* (2007), roman

Alice Sebold naît à Madison, dans le Wisconsin, mais grandit dans la banlieue de Philadelphie. En 1981, elle s'installe à New York pour fréquenter l'université de Syracuse. Pendant sa première année, elle est violée alors qu'elle rentre chez elle en marchant dans un parc. Elle le signale à la police, qui n'arrive à identifier aucun suspect. Cinq mois plus tard, elle reconnait son violeur et prévient la police. Son violeur est reconnu coupable de viol et de sodomie et condamné à une peine de 8 à 25 ans de prison. Il a depuis été libéré, mais Mme Sebold a déclaré qu'elle ne sait pas où il se trouve actuellement. Après l'université, elle s'installe à Manhattan, puis en Caroline du Sud. Elle occupe plusieurs emplois de serveuse tout en essayant de commencer sa carrière d'écrivain. Sa première œuvre, *Lucky*, un mémoire centré sur son expérience du viol, commence par un devoir de 10 pages pour l'université. Puis, à 33 ans, elle commence à écrire *La nostalgie de l'ange*, qui s'appelait initialement *Monsters*. Sebold déclare qu'elle était motivée pour écrire sur la violence, parce qu'elle n'est pas aussi inhabituelle que tout le monde le pense, mais plutôt un événement quotidien. Elle a publié trois ouvrages.

LA NOSTALGIE DE L'ANGE

UN ROMAN DE LA VIOLENCE, RACONTÉ D'OUTRE-TOMBE

- **Genre** : roman
- **Édition de référence** : Sebold, A. (2014) *The Lovely Bones*. Londres : Picador.
- **1ère édition** : 2002
- **Thèmes** : la mort et la perte, l'isolement, le deuil et la culpabilité, la mémoire, l'adolescence et la sexualité, l'enfance, la vie après la mort.

La nostalgie de l'ange est centré sur le viol et le meurtre de Susie Salmon, 14 ans, le 6 décembre 1976. Le roman s'ouvre sur sa mort et le reste de l'histoire suit deux voies narratives : premièrement, la façon dont la famille de Susie fait face à sa mort, et deuxièmement, l'expérience de Susie dans l'au-delà. Pendant que Susie regarde du ciel, ses jeunes frères et sœurs grandissent, le mariage de ses parents se désintègre et sa grand-mère emménage. Certains critiques ont avancé que Sebold s'est peut-être inspirée de sa propre expérience du viol. Après que Sebold ait signalé le crime à la police, on lui a dit qu'elle avait de la chance d'être en vie, car une autre femme avait été violée, comme Sebold, puis assassinée au même endroit. On suppose donc qu'elle a pu écrire l'histoire de la femme assassinée. Sebold a réfuté cette affirmation et a déclaré qu'elle voulait simplement écrire sur la violence, car de nombreuses personnes en font l'expérience, mais c'est un sujet tabou. Le livre a été généralement bien accueilli aux États-Unis, bien que les critiques britanniques l'aient trouvé trop sentimental.

RÉSUMÉ

MEURTRE

La nostalgie de l'ange s'ouvre sur l'annonce de la mort de Susie : « Je m'appelais Salmon, comme le poisson ; mon prénom, Susie. J'avais quatorze ans quand j'ai été assassinée le 6 décembre 1973 » (p. 1). Elle est tuée par son voisin, George Harvey. Il l'invite à voir une structure qu'il a construite dans un champ de maïs. Lorsqu'elle tente de partir, il lui arrache ses vêtements, la bâillonne avec son propre chapeau et la viole. Il la tue ensuite, découpe son corps en plusieurs morceaux qu'il met dans un coffre-fort et dépose dans un puits.

L'esprit de Susie est alors autorisé à se rendre dans sa propre version du paradis, où elle peut encore observer ce qui se passe sur terre. Elle passe la plupart de son temps à surveiller ses parents, sa sœur de 13 ans, Lindsey, et son frère de 4 ans, Buckley, ainsi que ses amis de l'école. Au début, sa famille a du mal à accepter sa mort, jusqu'à ce que le détective Len Fenerman soit chargé de l'affaire et qu'un coude soit découvert dans le champ de maïs, présumé être celui de Susie.

LES LIENS DE SUSIE AVEC LES GENS SUR TERRE

Au départ, la police interroge le voisin des Salmon, George Harvey, mais, à part le fait qu'elle le trouve un peu étrange, elle ne parvient pas à le relier au meurtre. Cependant, le père de Susie, Jack, est convaincu que M. Harvey est impliqué dans l'affaire. Néanmoins, lorsque M. Harvey monte une tente dans son jardin et invite Jack à l'aider, il le fait. M. Harvey fait remarquer que tous leurs voisins l'auront vu et penseront donc qu'ils sont amis, ce qui prouve l'innocence de M. Harvey.

Pendant ce temps, lorsque l'esprit de Susie a quitté la terre, elle a accidentellement touché une de ses camarades de classe, Ruth Connors. Ruth devient alors obsédée par la mort de Susie, écrivant un grand recueil de poèmes à ce sujet, et devient amie avec l'amoureux de Susie, Ray Singh. Ils passent beaucoup de temps ensemble à discuter de leurs relations avec Susie et de sa mort, et leur amitié platonique finit par se transformer en relation amoureuse.

LES SOUPÇONS DE JACK

Jack se méfie de plus en plus de M. Harvey, à tel point que lorsqu'il voit des lumières dans le champ de maïs, il suppose que M. Harvey est dehors. Il sort, armé d'une batte de baseball, pour affronter M. Harvey et trouve à la place Brian, un garçon de la classe de Susie, qui attend sa petite amie et meilleure amie de Susie, Clarissa. En état de légitime défense, Brian et Clarissa battent presque Jack à mort et lui cassent le genou. Il est transporté d'urgence à l'hôpital et pendant qu'il subit une opération du genou, Abigail, la mère de Susie, entame une liaison avec Len Fenerman.

Lindsey est persuadée que son père a raison au sujet de M. Harvey, aussi s'introduit-elle chez lui pour trouver des preuves. Elle y trouve son carnet de croquis, qui contient des dessins de la cachette souterraine qu'il a construite dans le champ de maïs, qu'elle vole. M. Harvey rentre à l'improviste et Lindsey est obligée de partir. Alors qu'elle cherche de l'aide auprès de la police, M. Harvey s'enfuit de la ville. Au paradis, Susie rencontre plusieurs des autres victimes de M. Harvey et peut voir des scènes de son enfance traumatisante.

LE PASSAGE DU TEMPS

Après avoir découvert que sa liaison ne peut combler le vide laissé par la mort de Susie, Abigail abandonne sa relation avec Len et quitte Jack et les enfants pour partir en Californie à la poursuite de ses rêves de jeunesse. Elle y trouve un emploi dans un domaine viticole et sa mère, Grand-mère Lynn, téléphone à Jack pour lui annoncer qu'elle va s'installer avec lui pour s'occuper des enfants. Lindsey et Buckley grandissent et, huit ans plus tard, Lindsey obtient son diplôme universitaire et se fiance avec son petit ami du lycée, Samuel Heckler. Jack est alors victime d'une crise cardiaque et est transporté à l'hôpital. Grand-mère Lynn appelle Abigail, qui revient en courant et réalise qu'elle aime toujours Jack. La famille est réunie, mais Buckley, qui a maintenant 12 ans, est amer d'avoir été abandonné par sa mère pendant la majeure partie de son enfance.

M. Harvey revient en ville et remarque que l'école s'agrandit dans le champ de maïs où il a assassiné Susie.

Ruth et Ray ont maintenant développé une relation forte. Susie parvient à transcender l'Entre-deux et s'empare du corps de Ruth. Ray réalise que c'est son seul moment avec Susie et fait l'amour avec elle dans le corps de Ruth. Après quoi, Susie retourne au paradis.

CONCLUSION

À la fin du roman, Lindsey et Samuel se marient, emménagent dans une maison abandonnée qu'ils rénovent et ont une fille nommée Abigail Suzanne. M. Harvey continue à traquer les jeunes femmes dans l'espoir de les assassiner. Au cours d'une de ces aventures, il est frappé par un glaçon et tombe dans un ravin où il meurt, sans jamais avoir été attrapé et condamné pour ses crimes.

ÉTUDE DE CARACTÈRE

SUSIE SALMON

Susie est assassinée à l'âge de 14 ans au début du roman. Elle raconte ensuite les événements suivants depuis le ciel. Elle est capable d'assister à des événements sur terre, ainsi que d'interagir avec d'autres filles et femmes mortes dont le ciel chevauche le sien. Elle est curieuse de savoir comment sa famille et ses proches font face à sa mort, et comment son assassin échappe à la justice. Elle regrette souvent de ne pas pouvoir grandir et vivre les mêmes expériences que ses camarades et, surtout, que sa sœur.

JACK SALMON

Jack est le père de Susie et de ses jeunes frères et sœurs, Lindsey et Buckley. Il est profondément attristé par la mort de Susie, notamment en raison de sa nature mystérieuse, et souhaite pouvoir résoudre le crime et obtenir justice pour Susie. Il se sent coupable de ne pas avoir pu sauver Susie et devient obsédé par l'idée que George Harvey est lié à la mort de sa fille. Cette obsession l'amène à prendre un congé prolongé de son travail et à s'éloigner de Lindsey, qui lui rappelle trop Susie, et de sa femme, Abigail.

GEORGE HARVEY

George Harvey est le voisin des Salmon. C'est un homme d'une trentaine d'années qui vit seul. Au fil du roman, le lecteur apprend qu'il est un tueur en série, principalement de jeunes filles. Alors que Susie découvre son passé tragique, avec son père violent et sa mère désespérée, il est suggéré que son enfance pourrait être liée à son comportement actuel. Lorsque la police semble rassembler des preuves contre lui en rapport avec la mort de Susie, il quitte la ville et continue à tuer en se déplaçant à travers les États-Unis. Il est victime d'une mort accidentelle vers la fin du roman.

LINDSEY SALMON

Lindsey est la jeune sœur de Susie, qui a 13 ans au début du roman. Elle est très sportive et douée pour les études, mais elle a toujours l'impression de vivre dans l'ombre de la mort de sa sœur, car elles se ressemblaient beaucoup. Alors que Lindsey grandit et devient de plus en plus indépendante en raison de l'éclatement de sa famille, Susie, depuis le paradis, se retrouve souvent à vivre par procuration à travers sa sœur. Susie semble particulièrement intéressée par les relations et la sexualité de sa sœur, car elle a été tuée avant d'avoir pu vivre tout cela.

ABIGAIL SALMON

La mère des enfants Salmon. Elle n'a jamais voulu d'enfants quand elle était plus jeune et, après la mort de Susie, elle a l'impression que la maternité a fait obstacle à ses rêves de jeunesse. Après une brève liaison avec Len Fenerman, le détective chargé de l'affaire du meurtre de Susie, elle part en Californie en quête de liberté. Lorsque

Jack est victime d'une crise cardiaque, Abigail revient et réalise qu'elle aime toujours Jack et sa famille.

LEN FENERMAN

Le détective qui travaille sur l'affaire de Susie. Il a un portefeuille rempli de photos des personnes au centre des affaires sur lesquelles il a travaillé. S'il parvenait à résoudre l'affaire, il inscrivait la date au dos. Parmi ces photos, il y a celle de Susie et celle de sa femme, qui s'est suicidée peu après leur mariage. Il tombe amoureux d'Abigail, mais leur liaison est brève.

GRAND-MÈRE LYNN

La mère d'Abigail est effrontée, n'a pas peur de dire ce qu'elle pense et est alcoolique. Quand Abigail part, elle soutient Jack et s'installe dans la famille pour aider à s'occuper des enfants.

SAUMON BUCKLEY

Le petit frère de Susie, qui a dix ans de moins qu'elle. Au début du roman, il n'a que quatre ans. Il devient un jeune adolescent équilibré et est naturellement sceptique lorsque sa mère revient vivre avec la famille, huit ans plus tard.

RAY SINGH

L'amour d'enfance de Susie, qui est d'abord interrogé sur la mort de Susie. Lui et ses parents pensent que cela est dû au racisme de la police. En grandissant, il se retrouve incapable d'arrêter de penser à Susie et développe une relation avec leur camarade de classe, Ruth Connors, qui se sent elle aussi particulièrement touchée par la mort de Susie. Vers la fin du roman, Susie est capable de prendre temporairement le contrôle du corps de Ruth et fait l'amour avec Ray, qui sait que c'est Susie. À l'âge adulte, il suit une formation de médecin.

ANALYSE

UN NARRATEUR CÉLESTE

L'un des aspects les plus intéressants de *La nostalgie de l'ange* est le choix de Susie comme narratrice. Sebold a déclaré que ce choix était alimenté par le désir de montrer qu'« il existe une existence pour les vivants et les morts après la mort de quelqu'un » (Viner, 2002). Il est évident qu'il est très inhabituel de confier la narration d'un texte à une personne décédée, mais ce faisant, Sebold est en mesure d'explorer la vie après la mort de deux manières : d'abord, elle explore la façon dont ceux qui restent font face à la mort, et ensuite, elle explore la façon dont la personne décédée peut continuer à vivre. De nombreux critiques américains ont suggéré que sa représentation du paradis évoque les croyances chrétiennes. Cependant, Sebold a déclaré qu'elle ne croyait pas en Dieu (qui est absent du paradis de Susie) et qu'en fait, la religion avait eu une influence négative sur sa vie après son viol.

Le paradis de Susie

Après sa mort, Susie découvre que le paradis est personnel à chaque personne décédée. Néanmoins, elle est capable d'interagir avec d'autres personnes décédées lorsque leur version du paradis se croise avec la sienne :

> *« Après quelques jours au paradis, j'ai réalisé que les lanceurs de javelot et les lanceurs de poids et les*

garçons qui jouaient au basket sur le bitume craquelé étaient tous dans leur propre version du paradis. La leur correspondait à la mienne – elle ne la reproduisait pas exactement, mais il s'y passait beaucoup de choses identiques. » (p. 13)

La version personnelle du paradis de Susie comprend un bâtiment qui ressemble beaucoup au lycée Fairfax, le lycée qu'elle aurait fréquenté l'année après sa mort. Elle a ainsi la possibilité de s'y imaginer et de vivre l'étape de sa vie qu'elle n'a jamais connue sur terre. L'histoire est basée sur ses rêves enfantins de lycée et donc ses livres d'école sont des magazines et il y a de la crème glacée à la menthe poivrée au robinet. C'est la première indication donnée au lecteur du désir de Susie pour la vie qu'elle a perdue et elle semble faire écho au désir de Sebold de dépeindre une existence après la mort pour la personne décédée.

La deuxième façon dont Susie vit sa vie d'adolescente est de vivre par procuration à travers sa sœur, Lindsey, qui a un an de moins qu'elle. Depuis le ciel, elle peut observer Lindsey sur terre et se réjouit des expériences adolescentes que vit sa sœur. Le premier exemple important est le premier baiser que Lindsey reçoit de Samuel Heckler, qu'elle épousera plus tard :

« Le visage de Lindsey a rougi en même temps que le mien a rougi au ciel. J'ai oublié mon père dans le salon et ma mère en train de compter l'argent. J'ai vu Lindsey se diriger vers Samuel Heckler. Elle l'a embrassé ; c'était glorieux. Je me sentais presque revivre. » (p. 67)

Comme les sentiments de Susie semblent refléter ceux de Lindsey (leurs deux visages «rougissent»), il semblerait que Susie soit capable de vivre par procuration à travers Lindsey et de ressentir ce qu'elle ressent en vivant des choses que Susie n'a jamais pu vivre dans la vie. Tout au long du roman, Susie semble en quelque sorte entrer dans le corps de sa sœur pour vivre les grands moments de sa vie : la première fois qu'elle couche avec Samuel, son séjour dans un camp pour enfants surdoués, le moment où Samuel lui demande de l'épouser, etc. Cependant, ces expériences semblent toujours être teintées de tristesse. Par exemple, dans cette première occurrence, Susie dit qu'elle se sent «presque vivante à nouveau». Par cette phrase, on peut déduire que, si Sebold suggère qu'il existe une vie après la mort, elle pense qu'elle a ses limites. Susie ne pourra jamais grandir ou vieillir, comme sa sœur, et ne tombera jamais amoureuse, ne se mariera pas, n'aura pas d'enfants et ne trouvera pas de carrière, comme le fait Lindsey. De cette façon, Sebold se fait l'écho du sentiment que beaucoup de personnes ressentent après la mort d'un être cher, surtout s'il est jeune, à savoir que l'aspect le plus triste de sa mort est toutes les expériences normales qui lui ont été volées. Par conséquent, bien que la narration de Susie soit optimiste, elle laisse entendre, pour l'essentiel, les limites de la mort.

CHAGRIN

Comme on peut s'y attendre d'un roman centré sur la mort d'une jeune fille, le deuil est l'un des thèmes principaux de *La nostalgie de l'ange.* Il est présent dans la narration de Susie, car nous voyons l'expression de son chagrin pour la vie qu'elle aurait pu vivre. Cependant, cette section examinera comment Sebold explore le chagrin de ceux que Susie laisse derrière elle. Sebold a déclaré dans une interview :

> *« En Amérique, il y a tellement d'instructions sur la façon de faire les choses – comment faire son deuil, les droits et les torts – ce qui est très effrayant pour moi. Je pense donc que l'idée que le deuil est organique et fluide est attrayante si vous avez perdu quelqu'un. Le deuil n'a pas besoin d'être une chose effrayante. » (Viner, 2002)*

Par conséquent, dans *La nostalgie de l'ange,* il est clair que Sebold explore la diversité du chagrin et la façon dont il peut se manifester de différentes manières pour différentes personnes.

Jack

Dès le début du livre, il est clair que le père de Susie, Jack, vit le deuil comme quelque chose de très personnel et privé pour lui :

> *« Au moment où mon père s'est retourné vers le salon, il était trop dévasté pour tendre la main à ma mère assise sur le tapis ou à la forme endurcie de ma sœur à proximité. Il ne pouvait pas les laisser le voir. » (p. 25)*

Son chagrin l'isole de ses amis et de sa famille et l'oblige à devenir obsédé par l'idée de résoudre le meurtre de

Susie et de venger sa mort. À cette fin, une fois qu'il est convaincu que George Harvey est impliqué dans la mort de Susie, il fait une fixation sur cette idée au point de devoir prendre un congé prolongé du travail. Plus tard dans le livre, il se rend chez les Singh pour parler à Ray, qui a d'abord été soupçonné du meurtre, et il est frappé lorsque Ruana, la mère de Ray, dit qu'elle s'assurerait qu'elle est bien sûre de l'identité du meurtrier, puis qu'elle le tuerait elle-même. Bien qu'il ne soit jamais explicite que telle est l'intention de Jack, le reste de son récit tourne autour de son besoin de prouver que George Harvey est le meurtrier. Cela pousse même Lindsey à s'introduire dans la maison de Harvey pour trouver des preuves, car elle veut aider son père à surmonter son chagrin.

Abigail

Au contraire, le chagrin pousse la mère de Susie, Abigail, à vouloir oublier le meurtre et le fait qu'elle ait eu une fille. À cette fin, elle veut abandonner tout ce qui la lie à la maternité pour retrouver l'insouciance de sa jeunesse. Dans un premier temps, elle tente d'y parvenir en entamant une liaison avec Len Fenerman, le détective chargé de l'affaire Susie, mais elle se rend vite compte que cela ne suffira pas à satisfaire ses besoins : « Dès la première nuit avec Len dans les entrailles du centre commercial, elle avait su que tous les deux ne construisaient rien. Elle ne pouvait même pas vraiment le sentir » (p. 216). Abigail décide alors de quitter son mari et ses enfants et s'enfuit en Californie. Elle prend un emploi subalterne dans un vignoble et tente d'oublier qu'elle a eu une fille afin d'atténuer son chagrin. Cependant, lorsque Jack a une crise cardiaque, elle est rappelée auprès de sa famille et reste finalement avec eux.

POURSUITE DE LA RÉFLEXION

QUELQUES QUESTIONS À MÉDITER...

- Pourquoi pensez-vous que Sebold a choisi de faire raconter l'histoire par Susie depuis le ciel?
- Dans quelle mesure la description de l'adolescence faite par Sebold est-elle réaliste? Discutez en vous référant particulièrement à la relation de Lindsey avec Samuel et à la relation de Ray avec Ruth, la camarade de classe de Susie.
- Pensez-vous que *La nostalgie de l'ange* soit un roman optimiste ou pessimiste?
- À votre avis, pourquoi Sebold a-t-elle choisi d'inclure des passages sur l'enfance de George Harvey? Dans quelle mesure pensez-vous que Sebold suggère que les traumatismes de la petite enfance peuvent nous amener à nous comporter de manière cruelle plus tard dans la vie?
- Lors de sa publication initiale, *La nostalgie de l'ange* a été accueilli par des avis divergents de la part des critiques. Alors que les Américains ont loué le livre pour son absence de sentimentalité, les critiques britanniques l'ont jugé trop saccharine et cliché. Avec quelles critiques êtes-vous d'accord et pourquoi?
- Sebold a déclaré dans une interview que «lorsque les gens découvrent que vous êtes une victime de viol, ils décident que c'est tout ce que vous êtes» (Viner, 2002). Dans quelle mesure pensez-vous que cela a

influencé sa représentation des victimes de meurtre ? Répondez en vous référant à la fois au meurtre de Susie, mais aussi aux autres victimes de George Harvey qu'elle rencontre au paradis.

- Le roman s'ouvre de manière très frappante, avec l'annonce de la mort de Susie : « Je m'appelais Salmon, comme le poisson ; mon prénom, Susie. J'avais quatorze ans quand j'ai été assassinée le 6 décembre 1973 » (p. 1). À votre avis, pourquoi Sebold a-t-elle choisi de commencer *La nostalgie de l'ange* de cette façon ? Quel effet cela a-t-il sur la compréhension par le lecteur des événements qui suivent ?

- Au début du livre, Susie déclare : « Sur les photos des journaux des années soixante-dix, la plupart des filles disparues me ressemblaient : des filles blanches aux cheveux châtain clair. C'était avant que des enfants de toutes les races et de tous les sexes n'apparaissent sur les briques de lait ou dans le courrier quotidien » (*ibid.*). Comparez *La nostalgie de l'ange* à *The Hate U Give* (2017) d'Angie Thomas (auteure américaine, née en 1988), un roman sur le meurtre d'un jeune homme noir. Dans quelle mesure pensez-vous que la race informe ces deux récits centrés sur le meurtre ?

- Si *La nostalgie de l'ange* est évidemment un roman sur le meurtre, une grande partie de la narration est consacrée aux relations et à la sexualité des adolescents, d'autant plus que Susie a l'impression d'avoir manqué quelque chose en mourant si jeune. Selon vous, pourquoi Sebold a-t-elle choisi d'explorer ces deux thèmes apparemment contradictoires ? Dans quelle mesure sa description des adolescents qui explorent leur sexualité est-elle réaliste ?

AUTRES LECTURES

EDITION DE RÉFÉRENCE

- Sebold, A. (2014) *The Lovely Bones.* Londres : Picador.

ÉTUDES DE RÉFÉRENCE

- Viner, K. (2002) Above and beyond. *The Guardian.* [En ligne]. [Consulté le 21 janvier 2019]. Disponible sur : <https://www.theguardian.com/books/2002/aug/24/fiction.features>

ADAPTATIONS

- *The Lovely Bones.* (2009) [Film]. Peter Jackson. Réalisateur. Amérique : Paramount Pictures.
- *The Lovely Bones.* (2018) [Théâtre]. Melly Still. Réalisateur. Royaume-Uni : Royal Derngate.

lePetitLittéraire.fr

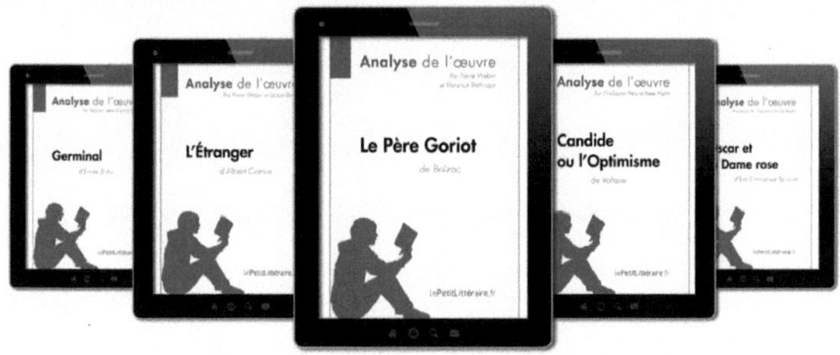

- des analyses de livres
- des fiches de lectures
- des commentaires littéraires
- des questionnaires de lecture
- des résumés

**Retrouvez
notre offre complète sur
lePetitLittéraire.fr**

ISBN version numérique : 9782808684675
ISBN version papier : 9782808685474
Dépôt légal : D/2023/12603/1047

Conception numérique : Primento,
le partenaire numérique des éditeurs.